Scénario :
Ryosuke Tanno

# Switch Family

1

Dessin :
Marie Sasano

# Chapitre 1 : Ma mère, ce héros ?!

# SOMMAIRE

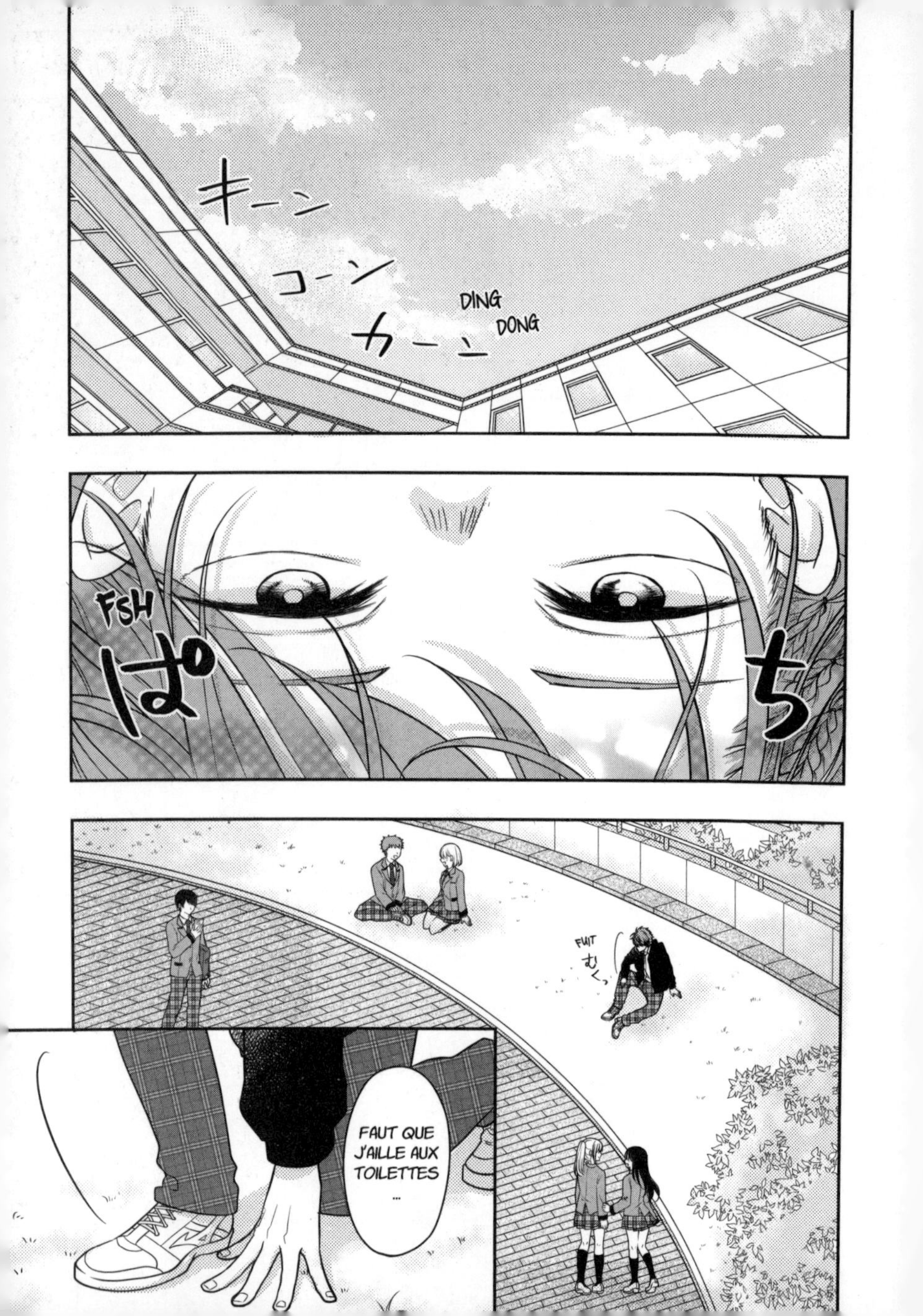
キーンコーンカーン
DING
DONG
FSH
ぱ
ち
FUIT
むくっ
FAUT QUE J'AILLE AUX TOILETTES ...

women

AAAH !

JE SUIS UN GARÇON ?!

C'EST QUOI, CETTE TÊTE ?!
LES FLEURS DES CERISIERS RESPLENDIS-SAIENT, CE JOUR-LÀ...

PAPAAA !
HAN
HAN
JE N'EN PEUX PLUS...
VITE, ON T'ATTEND !
TU ES À LA TRAÎNE, SOICHIRO !
ALLEZ, BOUGE-TOI !
C'EST NOTRE PRIÈRE ANNUELLE POUR L'ANNIVERSAIRE D'OKI !
HAN
HAN
LE SPORT, ÇA N'A JAMAIS ÉTÉ MON TRUC, CONTRAIREMENT À TOI, TSUMUGI !

TAC
チャリーン
DING DONG
ガラ
DING DONG
ガラ
OKI VIENT D'AVOIR TROIS ANS, FAITES QU'IL MÈNE UNE VIE HEUREUSE !
QU'IL DEVIENNE BEAU, GENTIL, POPULAIRE, INTELLIGENT, DOUÉ EN SPORT...
QU'IL AIT UNE MOYENNE D'AU MOINS 16/20 ET QU'IL FASSE MÉDECINE...
AU FAIT, TU CONNAIS CETTE CROYANCE POPULAIRE ?

ON DIT QUE SI TU ATTRAPES TROIS PÉTALES D'UN COUP...
TON VŒU SERA EXAUCÉ !
OOOH !
PFF... TROP FACILE !
FUIT
HA !!

ぱっ
FUIT
HÉ HÉ, TU AS VU ÇA ?! J'AI RÉUSSI !!
OUAH !
MAIS NON ! IL FAUT QUE CE SOIT LE FRUIT DU HASARD !
ROH ! MOI QUI VOULAIS TE MONTRER MES TALENTS D'EX-CHAMPIONNE NATIONALE DE KARATÉ…
T'ES SÛRE QUE C'EST LE MOMENT ?
JE TE DIS QU'IL FAUT QUE CE SOIT PAR HASARD !
TU PRENDS TOUJOURS LES CHOSES FUTILES AU SÉRIEUX…
POUR RIEN…
RÉPÈTE UN PEU ?!

OH ! C'EST TOUTE UNE FLEUR QUI EST TOMBÉE !
COMMENT ÇA SE FAIT ?
LE RES-PONSABLE SE TROUVE JUSTE ICI !
LES MOINEAUX COUPENT LES FLEURS POUR EN BOIRE LE NECTAR...
C'EST POUR ÇA QUE CELLE-CI EST INTACTE !
OOOH !

MAIS AVEC UNE FLEUR ENTIÈRE, TU REMPLIS LES CONDITIONS !
TROP COOL !
ALORS TECHNIQUEMENT, CE N'EST PAS FAUX ...
TU TROUVES TOUJOURS LE MOYEN DE CONTOURNER LES RÈGLES, HEIN ?
SI TU LE DIS...
SI J'EN ATTRAPE EN FERMANT LES YEUX...
C'EST DE LA CHANCE !
FUIT

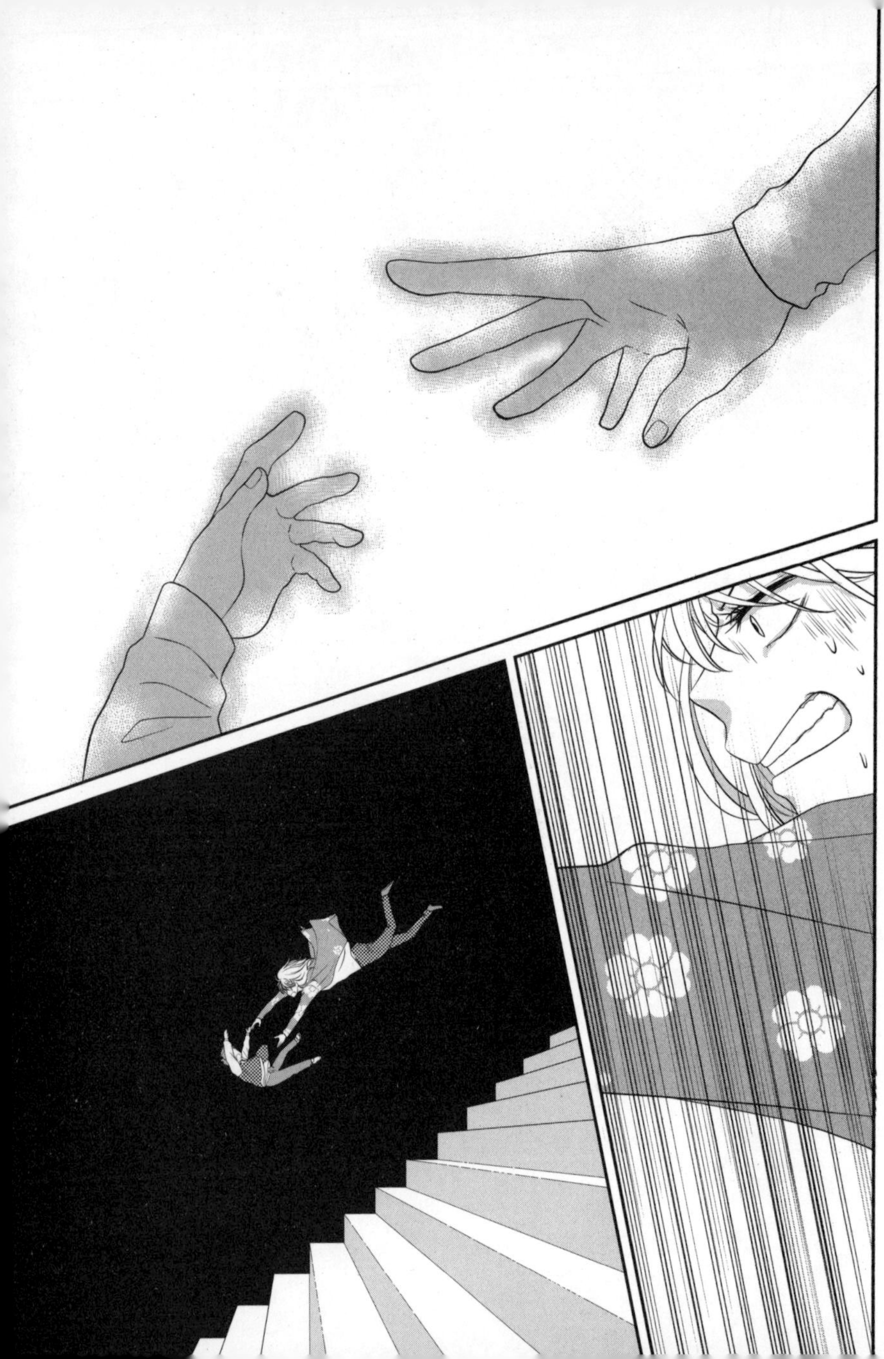

バラ
バラ
FSHHH

MA VIE DÉFILE DEVANT MES YEUX...
AVANT DE MOURIR, J'AURAIS AU MOINS AIMÉ...
TAP
AAAH !

VOIR OKI...
TSUMUGI!!!
DEVENU GRAND...

AAAH!

EUH… CE SONT LES TOILETTES DES FILLES, ICI…
NON, ATTENDEZ…
IL Y A MÉPRISE, JE…
HIIII ! DÉSOLÉES !
PITIÉ !
QUOI ?
ON N'A RIEN VU !
…
CE MEC FAIT PEUR À CE POINT ?

QU'EST-CE QUI S'EST PASSÉ ?
POURQUOI JE ME RETROUVE AU LYCÉE, DANS LE CORPS D'UN GARÇON ?
EST-CE QUE CE SERAIT UNE AUTRE EXPÉRIENCE DE MORT IMMINENTE ?
AH, TE VOILÀ !
SALUT !
ON SE CONNAÎT ?

C'EST MOI, TON FIDÈLE SERVITEUR...
KAZUKI !
VOILÀ AUTRE CHOSE !
J'AI RAPPORTÉ TU SAIS QUOI, ALORS ON SE REJOINT TU SAIS OÙ !
HEIN ?
OÙ ÇA ?!
ATTENDS !

EH ! T'ES À LA BOURRE, KAZUKI !
OUAIS, DÉSOLÉ !
TOMA N'EST PAS LÀ, AUJOURD'HUI ?
FERME-LA ET ABOULE !
PARDON !
POF
ポン…

VOUS ÊTES TOUS MINEURS, PAS VRAI ?
QUOI ?
FRSH
VOUS N'AVEZ PAS LE DROIT DE FUMER...
TSS...
TU NOUS FAIS QUOI, LÀ ? TU JOUES L'ÉLÈVE MODÈLE, MAIN-TENANT ?

C'EST PAS UN GAMIN DE PREMIÈRE QUI VA FAIRE LA LEÇON...
À DES TERMINALE...
FUIT
ピッ
VSH
VSH

HA !
BAM
BAM
KAZUKI, TU N'AS AUCUNE RAISON D'ÊTRE LEUR LARBIN !
ON S'EN VA !
EUH... D'ACCORD !

DONC TU CACHAIS TA FORCE DEPUIS TOUT CE TEMPS ?!
COMMENT TU AS ENVOYÉ GOTO VALDINGUER EN UN SEUL COUP ...
RES-PECT !
C'EST MOI, OU TOUT LE MONDE M'ÉVITE ?
C'EST PARCE QUE PERSONNE NE VEUT SE FROTTER À DES DÉLIN-QUANTS !
AH OUAIS ? J'EN SUIS UN ? ET TOI, ALORS ?
L'ENFOIRÉ...

TU T'OBSTINES ENCORE À JOUER LES DURS ALORS QUE ÇA NE TE RESSEMBLE PAS DU TOUT...
BONJOUR, IROHA !
TOUJOURS LE MÊME AIR BÊTA, HEIN ?
DIRE QUE J'AI PRIS LA PEINE DE T'ACHETER UN CADEAU D'ANNIVER-SAIRE...
じっ…
KIII
はっ
GLOUPS
OH, ZUT ! JE VAIS ÊTRE EN RETARD À MON PETIT BOULOT !
JE DOIS VOUS LAISSER !
À PLUS !

QU'EST-CE QUI LUI PREND ?
TIENS...
T'AS INTÉRÊT À ÊTRE CONTENT !
TOI ET MOI, ON SORT EN-SEMBLE ?
...
SI JE COMPRENDS BIEN...

JAMAIS DE LA VIE !
AH BON...
ON EST JUSTE VOISINS DEPUIS QU'ON EST TOUT PETITS...
TAP
TAP
SPLASH
TU ES BIZARRE AUJOURD'HUI, OKI...
PLIC
PLIC
HEIN ? QUI ÇA ?
TU POURRAIS ARRÊTER TON CINÉMA ?
TU T'APPELLES OKI...

ET AUJOURD'HUI, C'EST TON ANNIVERSAIRE !

C'EST CHEZ MOI...
WAOUH ! C'EST QUE TU ES PERSPICACE, DIS DONC...
ALLEZ, RENTRE TE REPOSER AVANT DE PERDRE LA TÊTE !
LES CLÉS SONT CACHÉES À L'ENDROIT HABITUEL...
CLAC
ガチャ..
C'EST LA MÊME ENTRÉE...
LA MÊME CUISINE...
LE MOBILIER A VIEILLI, MAIS LA MAISON N'A PAS CHANGÉ...
CLAC
ガラ..

D'ACCORD...
COMME JE LE PENSAIS, JE SUIS BIEN...
VOILÀ DONC À QUOI RESSEMBLE OKI AU LYCÉE ...
PLIC
ポタ
PLIC
ポタ
PLIC
ポタ

DIEU MERCI ...
IL A SURVÉCU !

MON VŒU SOUS LES CERISIERS ...
A ÉTÉ EXAUCÉ ...
CETTE SITUATION DOIT ÊTRE TEMPORAIRE !
JE VAIS ME RENDRE UTILE ET M'OCCUPER DE LA MAISON !
PFIOU !

TIC TAC
TIC TAC
TIC TAC
SOICHIRO EN MET DU TEMPS À RENTRER...
J'AURAIS BIEN AIMÉ LE REVOIR...
UNE DERNIÈRE FOIS...
OÙ EST-CE QUE JE SUIS ?

TU ES OKI, PAS VRAI ?
...
C'EST MOI, TA MAMAN !
J'IMAGINE QUE TU NE TE SOUVIENS PAS DE MOI...

IL SEMBLERAIT QUE J'AIE PRIS TA PLACE...
ALORS TU T'EN ES SORTI INDEMNE ?
JE CROIS ...
QUE JE ME SUIS RETROUVÉ DANS TON CORPS...
JE ME RAPPELLE AVOIR ENTENDU MA VOIX D'ENFANT... ET CELLE DE PAPA, AUSSI...
TOUT LE MONDE PRIAIT POUR QUE TU N'AIES RIEN DE GRAVE ...
J'ÉTAIS INCAPABLE DE BOUGER LE MOINDRE MUSCLE, MAIS JE PERCEVAIS LES SONS AUTOUR DE MOI...

JE VOIS...
DIS DONC, TU NE FILERAIS PAS UN MAUVAIS COTON, TOI ?!
OÙ TU CROIS QUE ÇA VA TE MENER, DE JOUER LES RACAILLES ?!
HEIN ?! MAIS LÂCHE-MOI LA GRAPPE ! POURQUOI TU JOUES LES DARONNES, D'UN COUP ?!
PENSE À TON AVENIR... ET À TA PAUVRE MÈRE...
JE TE SIGNALE QUE TOUT ÇA, C'EST DE TA FAUTE !
NON... CE N'EST PAS LE MOMENT DE SE DISPUTER...

IL Y A UNE CHOSE...
QUE J'AIMERAIS TE DIRE...
JOYEUX ANNIVERSAIRE ...

MON FILS...

TOUT CELA N'AURA DURÉ QU'UNE JOURNÉE POUR MOI, MAIS JE SUIS HEUREUSE D'AVOIR VU À QUEL POINT TU AS BIEN GRANDI...
JE COMPTE SUR TOI POUR CROQUER LA VIE À PLEINES DENTS !

GH...
MON CORPS ...
LE TEMPS EST ÉCOULÉ...
ADIEU, OKI...
JE SUIS COMBLÉE D'AVOIR PU ÊTRE AVEC TOI, MÊME EN RÊVE...
OUAIS... CONTENT DE T'AVOIR VUE, MAMAN...

LES FLEURS DES CERISIERS RESPLENDISSAIENT, CE JOUR-LÀ...
JE CROIS QUE MON VŒU...
A ÉTÉ EXAUCÉ PAR LA MAGIE DES PÉTALES...
チュン
CUI
チュン
CUI
!
ALORS JE N'AI PAS RÊVÉ...
PRENDS SOIN DE TOI, OKI !
PFF...

TAP
HEIN ? IL NE TOUCHE MÊME PAS À SON ASSIETTE ?!
TU IGNORES LES PLATS QUE TA DÉFUNTE MÈRE T'A PRÉPARÉS AVEC AMOUR ?
JE NE MANGE JAMAIS DE PETIT-DÉJ...
N'IMPORTE QUOI !
ET SOICHIRO QUI N'EST TOUJOURS PAS RENTRÉ !
IL DOIT ÊTRE CHEZ UNE COPINE...
PARCE QU'IL A UNE COPINE, EN PLUS ?!

UNE SECONDE !
AAAH !
POURQUOI J'ENTENDS TA VOIX DANS MA TÊTE ?!

HEIN ? TU PEUX M'EN-TENDRE ?
COMMENT ÇA SE FAIT QUE TU SOIS ENCORE LÀ ?!
JE N'EN AI AUCUNE IDÉE...
ET SI... J'ÉTAIS BLOQUÉE SUR TERRE ?
C'EST LE PIRE TRUC QUI POUVAIT M'AR-RIVER !

JE NE POURRAI PAS VIVRE NORMALEMENT SI TU M'ÉPIES TOUT LE TEMPS !
VA VERS LA LUMIÈRE, JE T'EN PRIE !
IL FAIT SA CRISE D'ADO !

OKI ME PREND POUR UNE BRÈLE !
IL N'A AUCUN RESPECT POUR SES AÎNÉS !
HMM...
JE PENSE QU'IL FAUDRAIT LUI APPRENDRE LES BONNES MANIÈRES !
T'EN DIS QUOI, TOMA ?!

C'EST VRAI...
ON NE PEUT PAS LAISSER PASSER ÇA...

## Chapitre 2 : Fais ce que je dis, pas ce que je fais...

TU VAS À L'ÉCOLE DE BON MATIN, DIS DONC...
TU FAIS UN DRÔLE DE DÉLINQUANT...
JE SAVAIS BIEN QUE, DANS LE FOND, TU N'ÉTAIS PAS MÉCHANT !
DÉJÀ PETIT, TU ÉTAIS TOUT SAGE, UN ADORABLE BOUT DE CHOU !
LA FERME ! J'EN AI MARRE !
QU'EST-CE QUE JE DOIS FAIRE POUR QUE TU ME FOUTES LA PAIX ?!
EH ! UN PEU DE RES-PECT !
CE N'EST PAS UNE VIE D'AVOIR SA MÈRE DANS SA TÊTE !

TU PARLES TOUT SEUL ?
I... IROHA !
OH, MAIS C'EST LA FILLE D'HIER !
HÉ HÉ !
C'EST DONC POUR ELLE QUE TU PARS DE SI BONNE HEURE ?
N'IMPORTE QUOI, IDIOTE !
ALLONS, NE SOIS PAS TIMIDE !
LES AMOURETTES, ÇA FAIT PARTIE DE L'ADOLESCENCE ! C'EST L'EXPÉRIENCE QUI TE FERA MÛRIR... FONCE, MON FILS ! MAMAN EST FIÈRE DE TOI !
JE T'AI DIT DE LA BOUCLER !
C'EST QUE TU ENCHAÎNES LES BIZARRERIES, TOI...
DÉJÀ, HIER, TU...

TU M'AS DEMANDÉ SI ON S... S... SORTAIT E... E... EN-SEMBLE...
J... J... JE NE SAIS P... P... PAS CE QUI T'AS PRIS...
MAIS J... J... J... JAMAIS DE LA VIE !
FUIT
プイ
ÇA SUFFIT, LES BÊTISES !
ゴン
BAM
JE COMPRENDS POURQUOI TU T'EN FAIS POUR ELLE...
N'EST-CE PAS ?
...
AÏE !

ON EST ENFIN ARRIVÉS SAINS ET SAUFS AU BAHUT...
NON... ELLE S'EST SURPASSÉE, AUJOURD'HUI...
ARGH...
GH...
IROHA EST TOUS LES JOURS COMME ÇA ?
REGARDE, OKI !
CE NE SERAIT PAS LE SECONDE QUI TE COLLE AUX BASQUES ?
ON DIRAIT QU'IL A QUELQUE CHOSE À TE DIRE ...

HAN
HAN
スッ
FUIT
HAN
HAN
HAN
HAN
C'EST...
TO...
MA...
IL...
ピーン!!
TILT
TOMA VEUT ME PARLER ?
EXACT !
TU ES TROP FORT, OKI !
HAN
HAN
POURQUOI TU TOURNES AUTOUR DU POT ?!
C'EST QUI, CE TOMA ?
?
?
?

SALUT, OKI... TU AS L'AIR EN FORME...
C'EST RARE QUE TU VEUILLES ME VOIR EN PERSONNE ...

TOMA !
FALLAIT QU'ON CAUSE, À PROPOS D'HIER...
OH NON...
HEIN ?

GOTO PRÉTEND QUE TU L'AS FRAPPÉ...
OUAIS ! IL M'EN A COLLÉ UNE SANS PRÉ-VENIR !
SILENCE !
JE SUIS EN TRAIN DE PARLER...
P...
PAR-DON...
ALORS ...
JE T'ÉCOUTE ?
MOI, LE COGNER ? JAMAIS DE LA VIE !
EUH... IL SE PEUT QUE CE SOIT MOI, DÉSOLÉE !
OUOHHH ?!
MAIS C'EST LUI QUI A COM-MENCÉ ! JE N'AI FAIT QUE ME DÉFENDRE !
ELLE N'A PAS IDÉE DU BOURBIER DANS LEQUEL ELLE M'A FOURRÉ !

JE N'ÉTAIS PAS DANS MON ÉTAT NORMAL, HIER...
JE T'ARRÊTE TOUT DE SUITE...
JE NE T'AI PAS APPELÉ POUR QUE TU T'EXCUSES...
MAIS POUR SAVOIR SI C'ÉTAIT VRAI...
KAZUKI !
DIS-MOI... EST-CE QU'OKI S'EN EST PRIS À GOTO ?
EUH...
BEN...
O...
OUI...

HÉ HÉ... JE VOIS...
C'EST VRAI QUE GOTO A UNE TÊTE À CLAQUES...
HA HA HA...
IL M'A TOUT L'AIR D'UN BON GARS, CE JEUNE HOMME !
JE COMPRENDS QUE TU AIES EU ENVIE DE TE DÉFOULER SUR LUI...

BAM
OKI !
よろ…
BRRR
MAIS PEU IMPORTENT TES RAISONS ...
TU DONNES LE MAUVAIS EXEMPLE AUX AUTRES !

BAM
ARGH...
PLAF
TU ME DÉÇOIS, OKI...
JE PENSAIS QU'ON SE RESSEMBLAIT, TOUS LES DEUX...
MAIS TU N'ES QU'UN MINABLE INCAPABLE D'ASSUMER SES ACTES ...
C'EST LA LOI DU PLUS FORT QUI RÈGNE...
CEUX QUI NE COMPRENNENT PAS ÇA...

"RISQUENT LA MORT..."
POUR QUI TU TE PRENDS ?!
GLOUPS

COMMENT OSES-TU TOUCHER À MON FILS ?!
ESPÈCE DE VAURIEN !
SALE GOSSE !
GRR...
OKI, LAISSE-MOI TA PLACE ! JE VAIS ME LE FAIRE !
GRR...
JE TE SIGNALE QUE TOUT ÇA, C'EST DE TA FAUTE...
QUOI QU'IL EN SOIT...
TAP
TAP
GH... GH...
GH... GH...
ÇA CRAINT VRAIMENT, LÀ...

PAR ICI, MONSIEUR !!
UN PRO-BLÈME, JEUNES GENS ?
NON...
OKI A TRÉBUCHÉ ...
IL A L'AIR DE S'ÊTRE FAIT MAL...
VOUS DEVRIEZ L'AIDER À SE RELE-VER...
...
TOUT VA BIEN, OKI ?!
OUAIS, ÇA VA...

O... OKI... JE...
CE N'EST RIEN, KAZUKI...
TOUT EST DE SA FAUTE !
TU PARLES DE MOI, LÀ ?!
JE N'AI RIEN FAIT DE MAL !
QUE ÇA TE SERVE DE LEÇON POUR NE PLUS JAMAIS TRAINER AVEC EUX !
BOUCLE-LA, BON SANG !
HIII ! PARDON !
JE VAIS APPELER TON TUTEUR !
RENTRE CHEZ TOI POUR AUJOURD'HUI...

TSS !
PAS LE DARON...
QUE JE VAIS VOIR SOICHIRO ?!
ÇA VEUT DIRE...

À QUOI IL RESSEMBLE, TON PÈRE, MAINTENANT ?
JE SUIS SÛRE QU'IL EST BEAU GOSSE ! UN VRAI DANDY, NON ?
...
CE N'EST QU'UNE SALE RACLURE...
DIS DONC... TU ES PEUT-ÊTRE DANS L'ÂGE BÊTE ...
MAIS CE N'EST PAS UNE RAISON POUR PARLER DE TON PÈRE DE LA SOR...
OKI !

LA CLASSE !

ON RENTRE !
MONSIEUR... OKI PRÉTEND AVOIR FAIT UNE CHUTE, MAIS JE CROIS PLUTÔT QU'IL S'AGISSAIT D'UNE BAGARRE...
S'IL DIT ÊTRE TOMBÉ, C'EST QUE C'EST VRAI !
DANS TOUS LES CAS, CE N'EST QU'UNE PERTE DE TEMPS, POUR MOI ...
ALORS, À L'AVENIR, ÉVITEZ DE M'APPELER POUR DES SOTTISES !
OKI, NE RESTE PAS PLANTÉ LÀ !
ON Y VA !

TAP
TAP
QUELLE AMBIANCE PESANTE...
TOUJOURS TES HISTOIRES DE VOYOUS, HEIN...

TU COMPTES JOUER LES GOSSES RE-BELLES ENCORE LONGTEMPS ?
TU AS PLUS IMPORTANT À ACCOMPLIR...
ET PUIS, QU'EST-CE QUE ÇA PEUT TE FOUTRE ?!
NON, PAS DU TOUT !

C'EST MA VIE, J'EN FAIS CE QUE JE VEUX !
COMBIEN DE FOIS JE VAIS DEVOIR TE LE RÉPÉTER ?
TU DOIS DEVENIR BEAU, GENTIL, POPULAIRE...
INTELLIGENT, DOUÉ EN SPORT...
AVOIR UNE MOYENNE D'AU MOINS 16/20 ET FAIRE MÉDECINE...
TU N'AS PAS LE TEMPS DE T'AMUSER !

MAIS D'OÙ TU SORS ÇA, À LA FIN ?!
CES EXIGENCES N'ONT AUCUN SENS !
CE N'EST PAS HUMAIN, UN PROFIL PAREIL !
ALORS DEVIENS SURHUMAIN ...
IL EN VA DE TON DEVOIR !

TA MÈRE EST MORTE À CAUSE DE TOI !
TU ES FORCÉ DE RÉALISER SON RÊVE !

IL SE
TROMPE...

JE N'AI JAMAIS RÊVÉ D'UNE FAMILLE PAREILLE...
TU AS INTÉRÊT À ÉTUDIER POUR COMPENSER LES COURS QUE TU LOUPES...
JE RETOURNE AU BOULOT ...
C'EST QUOI, ÇA ?

ÇA SE VOIT, NON ?
C'EST UN STEAK HACHÉ...
C'EST TOI QUI AS CUISINÉ ?
VA SAVOIR ...
C'EST MOI ! JE SAIS QUE TU ADORES CE PLAT ! VAS-Y, GOÛTE-LE !
ÇA TE RAPPELLERA LE PASSÉ !
L'ÉPOQUE OÙ TU N'ÉTAIS PAS AUSSI AIGRI !
TU TE MOQUES DE MOI ?!

バサッ
FSH

RÉVISE TES LEÇONS AU LIEU DE PERDRE TON TEMPS EN FUTILITÉS...
CLAC
ALORS ? COMMENT TU TROUVES TON CHER MARI ?
LA JOIE T'ENLÈVE LES MOTS DE LA BOUCHE ? HA HA...

JE NE COMPRENDS PAS...
C'EST IMPOSSIBLE !!
CE N'EST PAS UNE FAMILLE, ÇA !
OKI ! ÇA NE PEUT PLUS DURER !
TU DOIS ABSOLUMENT ÉCHANGER DAVANTAGE AVEC SOICHIRO...
ET ARRÊTER DE FRÉQUENTER CES VOYOUS !
PENSE À TON AVENIR ! DEMANDE CONSEIL À TON PÈRE !
JE SUIS LÀ, MOI AUSSI ! EN TOUT CAS, ON DOIT REMÉDIER À...
ÇA SUFFIT !
BAM

QU'EST-CE QUE TU SAIS DE NOUS, HEIN ?
TU ARRIVES COMME UNE FLEUR ET TU JOUES LES MAMANS MODÈLES ?
SI TU VEUX VRAIMENT MON BONHEUR ...
DISPARAIS SUR-LE-CHAMP !

TA FAMILLE RÊVÉE...
N'EXISTE NULLE PART !

Switch Family

CETTE SENSATION...
JE SUIS ENCORE...
MAMAN NE S'EST TOUJOURS PAS RÉVEILLÉE ...
NON...
C'EST QUAND QU'ELLE VA OUVRIR LES YEUX ?

*"JE SUIS SÛR QU'ELLE SE RÉVEILLERA DEMAIN..."*

# Chapitre 3 : L'antre de l'occulte

HMM ?

ガバッ
FUIT
J'AI REPRIS LES COMMANDES DU CORPS D'OKI ?!
JE PEUX BOUGER ?
AH !

OKI ?!
OKI, TU M'ENTENDS ?!
チッ
TIC TAC
FSH
PAS DE RÉPONSE ...
"TA FAMILLE RÊVÉE...
N'EXISTE NULLE PART !"
TU ES EN COLÈRE...
POUR HIER ?

TRILLLLL
AAAAH !
BIP
SON RÉVEIL ?
8:00
ALARME
RAPPEL
BIP
BIP
ATTENDS... C'EST UN TÉLÉPHONE PORTABLE, CE TRUC ? COMMENT ÇA MARCHE ?
IL S'EN EST PASSÉ DES CHOSES, EN 15 ANS...
ON N'ARRÊTE PAS LE PROGRÈS !
IL EST DÉJÀ HUIT HEURES ?!

AAAH !
JE VAIS ÊTRE EN RETARD !
[redacted]
TIENS ?

QU'EST-CE QUE TU FAIS DEVANT LE LYCÉE, UN SAMEDI ?
I... IRO ?!
C'EST QUOI, CE SURNOM ?
EUH... OUBLIE ! J'ADORE LE BAHUT, C'EST TOUT !
TOI ? ADORER L'ÉCOLE ?
JE ME SUIS DIT QUE J'ALLAIS BOSSER SÉRIEUSE-MENT, CETTE ANNÉE !
HMM...
TU SAIS, HIER, J'AI EU PEUR QUE TU AIES PRIS UN TROP GROS COUP SUR LA TÊTE...
BAM
AH, OUAIS...
MAIS...

TU AS L'AIR EN FORME, JE SUIS RASSURÉE...
HEIN ? TU AS DIT QUOI ?
REGARDE-MOI QUAND TU ME PARLES, JE N'ENTENDS RIEN, SINON...
BRRR
BRRR
TAP
À PLUS !
!
HEIN ?!
MAIS QU'EST-CE QUI TE PREND ?!
TUUT
VSHH
GRIII
ATTENTION !
AAAH !

NON, MAIS QUELLE INCONSCIENTE !
IL VA Y AVOIR DES MORTS SI JE NE L'ARRÊTE PAS !
IROHAAAA !
IRO... AH, NON...
HAN
HAN
ELLE M'A BIEN SEMÉE...
PFIOU...
JE T'AI EU !
HMM ?

SALUT !
O... OKI ?!
EH BIEN...
TOUJOURS AUSSI POPULAIRE AVEC LES ENFANTS, OKI...

QU'EST-CE QUE TU FAIS EN UNIFORME, UN WEEK-END ?
LE LYCÉE T'A ENCORE CONVOQUÉ, C'EST ÇA ?
MAMAN !
YUPI !
QU'EST-CE QUI TE PREND ?
IL N'Y A QUE MA GRANDE SŒUR QUI M'APPELAIT COMME ÇA !

YUI EST MA PETITE SŒUR...
ALORS CE GARÇON...
EST SON FILS ?!
ET IL Y EN A MÊME UN DEUXIÈME EN ROUTE ?!
TU VEUX PASSER À LA MAISON ?
JE VIENS DE FAIRE DES COURSES !
MAMAN !
A... AVEC PLAISIR...
SI ELLE EST TOUJOURS LA MÊME QU'À L'ÉPOQUE...

ドン
DOM
TOUT SUR L'OCCULTE
Dead Dead 2
ZONE MAGIQUE 32
ドン
DOM
ドン
DOM
ELLE A ENCORE CETTE PASSION MORBIDE !
FAIS COMME CHEZ TOI !

TIENS, VOILÀ DU CAFÉ !
TAC
コト..
ET POUR TOI, MOMO, DU JUS D'ORANGE !
LA TASSE FRANKENSTEIN, YOUPI !
ゴクリ
GLOUPS
EUH... TON MARI N'EST PAS LÀ ?
IL EST PARTI EN ITALIE POUR SES RECHERCHES SUR LA COMMUNICATION AVEC LE ROYAUME DES MORTS...

ATTENDS... QUOI ?
L'EXISTENCE DE CE LIEU N'AURAIT QUAND MÊME PAS ÉTÉ AVÉRÉE EN L'ESPACE DE 15 ANS ?
IL S'EN PASSE DES CHOSES ÉTRANGES DANS NOTRE MONDE, HEIN ?
MOI, PAR EXEMPLE, J'AI TOUJOURS EU UNE SENSIBILITÉ HORS NORME...
JE PERÇOIS DES TRUCS QUI ÉCHAPPENT À LA PLUPART DES GENS...
...
ALORS POUR MOI...
JE VEUX DIRE, CONCERNANT MA MÈRE, TU...

BIEN SÛR QUE JE LA SENS !
ELLE EST TOUJOURS EN TOI...
MÊME EN CE MOMENT...

OKI... TU PLEURES ?
DÉSOLÉE D'AVOIR DOUTÉ DE TOI, YUI !
TU AVAIS RAISON DEPUIS LE DÉBUT !
C'EST MOI, TSUMUGI ! JE NE SAIS PAS POURQUOI, MAIS JE SUIS DANS LE CORPS D'OKI !

PFF... N'IMPORTE QUOI...
HEIIIN ?!!

TU N'ES PAS CENSÉE SENTIR CES CHOSES-LÀ ?!
DISONS QUE C'EST DUR À CROIRE, SUR LE COUP...
JE SAIS QUE TU MOUILLAIS TON LIT JUSQU'EN TROISIÈME !
TU PLANQUAIS LES PETITS POIS DE LA CANTINE DANS TON PUPITRE !
ET JE SAIS AUSSI QUE POUR LES BEAUX YEUX DE TON PREMIER PETIT AMI, TU AS LÂCHÉ L'OCCULTE POUR TE LANCER DANS LE RAP... TU AVAIS MÊME ÉCRIT DES COUPLETS...
ARRÊÊÊTE !
C'EST BON...
J'EN AI ASSEZ ENTENDU...
TU ME CROIS, MAINTENANT, YO YO ?
OUI...
C'EST QUOI, UN COUPLET ?

...
DONC SI J'AI BIEN COMPRIS...
LA TSUMUGI D'IL Y A 15 ANS EST DANS LE CORPS D'OKI ?
C'EST ÇA...
C'EST POSSIBLE, UN TRUC PAREIL ?

MAIS POURQUOI ?
POUR QUELLE RAISON TU TE SERAIS RETROUVÉE DANS SON CORPS ?
JE N'EN AI AUCUNE IDÉE...
AU DÉBUT, JE PENSAIS QUE MON VŒU AVAIT ÉTÉ EXAUCÉ...
"J'AURAIS AU MOINS AIMÉ...
VOIR OKI DEVENU GRAND..."
CELUI QUE TU AS FORMULÉ AVEC LES PÉTALES DE FLEURS DE CERISIER, JUSTE AVANT DE MOURIR ?
OUI, VOILÀ !
SAUF QUE JE SUIS TOUJOURS LÀ !
HMM...
QU'EST-CE QUE JE FAIS CHEZ TATA ?

OKI, C'EST TOI ?!
TU ES ENCORE DANS MON CORPS ?!
QU'EST-CE QUE TU FABRIQUAIS, TOUT CE TEMPS ?!
QUELLE QUESTION ! J'ÉTAIS ENCORE DANS TON ENVELOPPE CHARNELLE... ENFIN, JE CROIS...
VRAIMENT ?
HEIN ?! MAIS ATTENDS...
TU PEUX COMMUNIQUER AVEC LUI ?!
MAIS ALORS ...

Le 18 avril aujourd'hui
Le 18 avril d'il y a 15 ans
Transfert d'âmes
Oki
Tsumugi
Une certaine condition...
Le sommeil ?!
ÇA VEUT DIRE QUE VOS ÂMES ONT ÉTÉ INTERVERTIES POUR UNE RAISON QU'ON IGNORE ?
TA CONSCIENCE D'IL Y A 15 ANS A DISPARU ET S'EST RETROUVÉE DANS LE CORPS D'OKI...
OUAIS, JE CROIS BIEN...
DÉPÊCHE-TOI DE PASSER DE L'AUTRE CÔTÉ !
...
UN DÉTAIL M'INQUIÈTE...
LEQUEL ?
L'ACCIDENT S'EST PRODUIT LE 18 AVRIL...
ET TU ES DÉCÉDÉE QUATRE MOIS PLUS TARD...
LE 15 AOÛT...

SI, À CE MOMENT PRÉCIS...
L'ÂME D'OKI ÉTAIT DANS TON CORPS ...
LEQUEL D'ENTRE VOUS MOURRAIT ?

À CET INSTANT...
"IL DOIT Y AVOIR UNE RAISON POUR QUE TU TE RETROUVES DANS LE CORPS DE TON FILS...
UNE RAISON SANS RAPPORT AVEC TON VŒU..."
SI UNE AUTRE PERSONNE A FORMULÉ UN SOUHAIT...

OKI !

OKI ! TU TE SOUVIENS DU VŒU QUE TU AS FAIT, CE JOUR-LÀ ?!
BIEN SÛR QUE NON !
IL NOUS FAUT DES INDICES...
SINON, TU...
HIII !
UNE BAGARRE !!
AAAH !
!
GH...
PLAF

"MAIS C'EST ATROCE, TSUMUGI..."

AH...
TIENS, C'EST TOI, OKI ?
TOMA !
"CHER-CHER LA CAUSE DE CE TRANS-FERT ET SON REMÈDE..."

"ÇA REVIENT À TE PRÉCIPITER VERS TA PROPRE MORT !"

Switch Family

DEPUIS TOUT PETIT, JE N'AI QU'UNE OB-SESSION...
IL A PERDU SES DEUX PARENTS... C'EST MAL-HEUREUX, MAIS...
QUI VA S'OCCUPER DE LUI ?
ON NE PEUT PAS LE PRENDRE CHEZ NOUS...
NOUS NON PLUS !
MÊME DANS LA MORT, ILS NOUS CAUSENT DES PROBLÈMES, CEUX-LÀ !
AAAAH !
FRSH

HA HA HA HA !
C'EST QUOI, CE CRI DE BÉBÉ, TOMA ?!
ET C'EST QUOI, CE REGARD ?
JE VAIS T'APPRENDRE LES BONNES MANIÈRES, MOI !
PAF
ALORS QU'ON S'OCCUPE DU DÉCHET QUE TU ES !
TU NOUS DOIS TOUT, NE L'OUBLIE JAMAIS !

TA SEULE VALEUR, C'EST L'HÉRITAGE DE TES PARENTS !
J'AI TOUJOURS CHERCHÉ...
UNE FAÇON DE VIVRE PAR MES PROPRES MOYENS...
AAAH !
NON ! ARRÊTE !

PUIS LA RÉPONSE M'EST APPARUE COMME UNE ÉVIDENCE...
PAF
BAM
BAM
PITIÉ...
IL ME SUFFISAIT DE DEVENIR PLUS FORT QUE N'IMPORTE QUI D'AUTRE...
ET DE PASSER DU CÔTÉ DES DOMINANTS !

ÇA T'APPRENDRA LES BONNES MANIÈRES...
REGARDE DEVANT TOI !
TU FAIS LE MALIN, EN PLUS ?!
BLA BLA
BLA BLA
C'EST QUOI, CE REGARD ?!
T'EN VEUX ENCORE, HEIN ?!
VLAN

BAM
PAF
VLAN
PLAF
EH, TOI...
TU VEUX QUOI, MEC ?!

TON REGARD... IL ME PLAÎT BIEN...

Chapitre 4 : Frères ennemis

TIENS, OKI...
JE PEUX SAVOIR CE QUE TU FAIS ?

CES MINABLES ...
ME CHERCHAIENT DES NOISES ...
PLOF
ARRÊTE ...
EH ! QU'EST-CE QUI TE PREND ?!
PARDON ?
TILT
LAISSE-LES PARTIR !

JE ME DISAIS BIEN...
QUE QUELQUE CHOSE CLOCHAIT ...
CE N'EST PAS LE REGARD QUE JE CONNAIS ...
TU ES QUI, TOI ?!

OKI, QUI D'AUTRE ?!
NON ! JE T'EN PRIE ! NE TE BATS PAS CONTRE TOMA !
NE T'INQUIÈTE PAS...
TU N'AS AUCUNE RAISON D'AVOIR PEUR DE LUI !
TU N'Y ES PAS DU TOUT !

TOMA...
ALORS TA MÈRE EST MORTE ?
HMM...
LES PARENTS... ÇA NE SERT À RIEN !
TOMA EST...
TANT QUE TU RESTES FORT ...
TU SURVIVRAS...
J'AI L'IMPRESSION...
QUE TOI ET MOI...
ON SE RESSEMBLE !

TES PARENTS N'AIMERAIENT PAS TE VOIR FAIRE ÇA !
TOMA EST MON MODÈLE !

OOOK-!!!

YAAH!
TSHH
VSH

QU...
VSH

ザッ
VSH
JE PEUX BOUGER LIBREMENT !
JE NE PENSAIS PAS ÊTRE AUSSI AGILE DANS LE CORPS D'OKI !
ケンカだ
FLASH
カシャ
CLIC
ケンカ
FLASH
ピッ
CLIC

HAN
HAN
JE NE SUIS PAS UNE ANCIENNE CHAMPIONNE DE KARATÉ POUR RIEN !
LA JUSTICE TRIOMPHERA !!
HAN
HAN
HÉ HÉ... EH BEN, OKI...
JE NE SAVAIS PAS QUE TU ÉTAIS SI FORT !
ALORS DEPUIS TOUT CE TEMPS...
TU JOUAIS LA COMÉDIE POUR TE MOQUER DE MOI ?

C'EST ÇA...
HEIN ?!
RAAAH !

GH...
GH... GH... GH...
JE N'ARRIVE PLUS À BOUGER ?
"ÇA SUFFIT ...
MOI...
JE NE VEUX PAS ME BATTRE CONTRE TOMA !"

HAN
HAN
JE RÊVE ...
OU IL A ENCAISSÉ LE COUP VOLONTAI-REMENT ?
HÉ HÉ...
ÇA ME REVIENT... OKI... TU N'ES PAS SEUL, TOI...
FUIT

NOUS DEUX...
ON N'EST PAS PAREILS !

TOUT VA BIEN, MON GARÇON ?
AÏE !
TU T'ES BATTU, NON ?

ENFIN, SELON LES TÉMOIGNAGES DES PASSANTS, TU T'ES INTERPOSÉ DANS UNE BAGARRE...
C'EST TOUT À TON HONNEUR, MAIS LA PROCHAINE FOIS, APPELLE LA POLICE !
J'AI REPRIS LE CONTRÔLE DE MON CORPS...

カシュ
PSCHT
POURQUOI TU M'AS EMPÊCHÉE DE BOUGER ?!
J'AURAIS GAGNÉ, SANS ÇA !
LA FERME, LA VIEILLE !
COMMENT TU PARLES À TA MÈRE ?!
J'EN AI MARRE !
ARRÊTE DE FOUTRE LE BORDEL DANS MA VIE !!

POURQUOI TU DÉFENDS À CE POINT CE GARÇON ?
TU NE CROIS PAS QUE SES ACTES SONT IMPARDON-NABLES ?
DANS LE FOND, TU N'AS PAS TORT...
MAIS...
C'EST GRÂCE À LUI QUE J'AI TROUVÉ MA PLACE...
COMMENT ÇA ?

ARRÊTE DE JOUER LES CALIMERO !
GH...
QUOI ?!
TU N'ES PAS SEUL, QUE JE SACHE !
IL Y A DES GENS QUI SONT LÀ POUR TOI !

DES GENS QUI SE SOUCIENT DE TON BIEN-ÊTRE...
IROHA ET KAZUKI, PAR EXEMPLE !
TU ES TOUT SAUF SEUL !

TOMA ET TOI ÊTES FONDAMENTALEMENT DIFFÉRENTS !

Chapitre 5 : L'embrouille du siècle

FSH
ボ

ESSAYE
♡ 120k
C'EST QUOI L'INTÉRÊT DE CETTE ÉMISSION TÉLÉ ?
C'EST PAS LA TÉLÉ, C'EST YOUTUBE !
HMM...
C'EST UN PUITS INFINI DE VIDÉOS...
AUTREMENT DIT, LE TOP POUR LES NUITS BLANCHES...
ET POURQUOI TU NE DORS PAS ?!
LE MANQUE DE SOMMEIL, C'EST MAUVAIS POUR LA SANTÉ, SALE VOYOU !
BOUCLE-LA ! JE SUIS AU COURANT !

AÏE !
T'ES ATTU, ON ?
SI J'EN CROIS CE QUI S'EST PASSÉ AUJOURD'HUI, LA PERMUTATION EST LIÉE À LA PERTE DE CONNAISSANCE !
DONC SI JE M'ENDORS CE SOIR, C'EST TOI QUI TE RÉVEILLERAS DEMAIN !
OÙ EST LE PROBLÈME ?
IL VAUT MIEUX QUE CE SOIT MOI AUX COMMANDES !
C'EST JUSTEMENT ÇA, LE SOUCI !
JE NE VEUX PLUS JAMAIS TE LAISSER MON CORPS !

BIIIIP
8:00
ALARME
RAPPEL

IL S'EST ENDORMI, FINALEMENT...
TSS... JE NE COMPRENDS PAS...
AIE CONFIANCE ...
TOUT CE QUE JE FAIS, C'EST POUR TON BIEN...
JE N'AI PAS BESOIN DE TOI, JE TE DIS !
TOUT EST PARTI EN SUCETTE DEPUIS QUE TU ES ARRIVÉE !
À MES YEUX, TU ES JUSTE VENUE RUINER MA VIE !
TA VIE... TU VEUX DIRE LE TEMPS QUE TU PASSES À TRAÎNER AVEC CES VOYOUS ?
C'EST PLUTÔT ÇA LE PROBLÈME !

TOMA N'EST PAS UN SIMPLE DÉLIN...
BON ! ON EST DIMANCHE, COMMENT JE VAIS BIEN POUVOIR OCCUPER CETTE JOURNÉE ?
TOUT EST SI DIFFÉRENT, COMPARÉ À MON ÉPOQUE !
IL Y A UN TAS DE CHOSES QUE J'AI ENVIE DE VOIR !
ATTENDS !
...
IL Y A UN ENDROIT OÙ JE VEUX ABSOLUMENT ALLER, AUJOURD'HUI...
AH OUI ? OÙ ÇA ?

LE GYMNASE MUNICIPAL ?

QU'EST-CE QU'ON FAIT ICI ?
OUAAAH !
UN TOURNOI DE KARATÉ ?!

AH !
C'EST ICI QUE J'AI PARTICIPÉ À MA PREMIÈRE COMPÉTITION !

C'EST POUR MOI QUE TU TENAIS À ÊTRE LÀ...
MON FILS... ALORS TU LE SAVAIS...
NON...
PAS DU TOUT...
QUOI ?
OKI !
TU ES ENCORE VENU ?
HÉ HÉ !
JE VOIS ! JE COMPRENDS MIEUX POURQUOI TU NE VOULAIS PAS QUE J'AI TON CORPS AUJOURD'HUI !
TU TE FAIS DES IDÉES !

C'EST MOI QUI DÉCIDE QUOI LUI DIRE !
TU N'AURAS QU'À RÉPÉTER !
JE SAIS, T'IN-QUIÈTE !
LAISSE MAMAN S'EN OCCU-PER !
BIEN SÛR QUE JE M'IN-QUIÈTE !
OUI, JE NE VOULAIS PAS RATER TON MATCH !
C'EST QUAND, D'AILLEURS ?
AH ! IDIOTE !
JE SUIS TOMBÉE MALADE, ALORS C'EST RATÉ POUR CETTE FOIS...
DU COUP, JE SUIS ICI POUR SOUTENIR LES AUTRES !
VOILÀ QUI EX-PLIQUE LE MASQUE !
ALLEZ, J'Y RETOURNE !

ELLE EST PARTIE...
LA FAUTE À QUI, IMBÉCILE !
VOILÀ POURQUOI JE NE VOULAIS PAS QUE TU LUI PARLES !
J'AI GAFFÉ ?
ELLE NE PEUT PAS PARTICIPER...
ELLE A TOUJOURS ÉTÉ SIMPLE REMPLAÇANTE...

MINCE …
ELLE A L'AIR D'UNE TITULAIRE, SELON TOI ?
MAIN-TENANT QUE TU LE DIS …
MAIS ALORS, POURQUOI TU VOULAIS VENIR ?
BAH…

JE RECONNAIS MA DÉFAITE !
VAS-Y, RÉGALE-TOI !
ON A PARIÉ QU'ELLE M'OFFRIRAIT UN REPAS CHAQUE FOIS QU'ELLE NE SERAIT PAS CHOISIE...
C'EST STEAK HACHÉ AU MENU, AUJOURD'HUI...
NON, MAIS QUELLE CRAPULE !
C'EST POUR ÇA QUE TU TE LÈVES DE BONNE HEURE, UN DIMANCHE ?
J'AI HONTE DE TOI !
ÇA NE L'EMPÊCHE PAS DE MANGER...
TU NE COMMANDES RIEN ?
HEIN ?
NON, UN CAFÉ, ÇA ME SUFFIT...

ピッ！
TILT
BON, POUR TE REMERCIER...
CE N'EST PAS ÇA, HEIN ?
SI ELLE RESTE LE VENTRE VIDE, CE N'EST PAS PARCE QU'ELLE N'A PLUS ASSEZ D'ARGENT APRÈS T'AVOIR INVITÉ ?
IMPOSSIBLE...
UN QUOI ?!
TU NE BOIS PAS, LÀ...
P... POURQUOI PAS ? JE N'AI R... RIEN DE MIEUX À FAIRE...
ÇA TE DIRAIT UN RANCARD, CET APRÈM ?

MAIS TU AS PERDU LA TÊTE ?!
POURQUOI TU T'EXCITES ?
ON VA JUSTE SE BALADER EN VILLE...
QUELLE DIFFÉRENCE AVEC UN REPAS EN TÊTE À TÊTE ?
J'AVOUE, MAIS... C'EST LE TERME QUE TU AS UTILISÉ, LE PROBLÈME !
LE MONDE DU PRÉSENT M'INTÉRESSE, ÇA TOMBE BIEN !
TU POUVAIS VISITER TOUTE SEULE !
TU ES UN PETIT TIMIDE, EN FAIT !
DÉSOLÉE DU RETARD...
J'ÉTAIS EN TENUE DE SPORT...
IL FALLAIT QUE JE ME CHANGE...

OH, QUE TU ES MIGNONNE !
ÇA TE VA À RAVIR !
EEEEH !
MAIS QU'EST-CE QUE TU RACONTES ?! TU ES DANS MON CORPS, LÀ ! ET J'AI UNE RÉPUTATION, MOI, ALORS ARRÊTE DE FAIRE N'IMPORTE QUOI ! NON, MAIS SÉRIEUX, STOP OU JE TE DÉFONCE ! JE VAIS TE BUTER PUIS ME SUICIDER ! OH, TU M'ÉCOUTES ?! RENTRE TOUT DE SUITE À LA MAISON ! N'OUVRE MÊME PAS LA BOUCHE ! ARRÊTE DE RESPIRER ! J'ESPÈRE QUE TU VAS TE PRENDRE UN CAMION EN TRAVERSANT ET TE RÉINCARNER DANS UN UNIVERS PARALLÈLE, LA VIEILLE !
M... M... MA TENUE N'A R... R... RIEN D'EXTRAORDINAIRE...
ELLE EST TRÈS BIEN !
PARLE-MOI DE LA MODE CHEZ LES LYCÉENNES !
PARDON ?
OH ! JE TE CAUSE !!

PALCO

仙台駅 SEND
MERCI POUR AUJOURD'HUI ...
GRÂCE À TOI, J'AI BEAUCOUP APPRIS SUR LES TRUCS EN VOGUE EN CE MOMENT !
J'IGNO-RAIS QUE CE PERSONNAGE ÉTAIT POPU-LAIRE !
C'EST PLUTÔT MOI QUI...

JE SUIS PARFAITEMENT CONSCIENTE QUE TU TE SERS DU PARI COMME PRÉTEXTE...
POUR VENIR ME VOIR MÊME SI JE NE COMBATS PAS...
JUSTE POUR ME REMONTER LE MORAL...
ET CET APRÈM, TU ES ALLÉ JUSQU'À ME QUESTIONNER SUR LES TENUES À LA MODE...
EUH, OUAIS...
ALORS ...
JE TIENS À TE REMERCIER ...
D'ÊTRE TOUJOURS LÀ POUR MOI !

AH...
C'ÉTAIT DONC ÇA...
OKI !
TILT
はっ
AH, J'AI FAILLI OUBLIER !
TIENS, C'EST POUR TOI !

C'EST QUOI ?
UN PORTE-BONHEUR À ACCROCHER À TES CLÉS OU À TON SAC, POUR QUE TU DEVIENNES TITULAIRE !
TU SAIS QUE ...
SI TU ATTRAPES TROIS PÉTALES DE FLEURS DE CERISIER D'UN COUP...
BAH OUI...
TU ME LE RÉPÈTES TOUT LE TEMPS !

QU'EST-CE QUI TE PREND ?!
POURQUOI JE N'Y AI PAS PENSÉ PLUS TÔT ?!
SI NOS VŒUX ONT ÉTÉ EXAUCÉS ...
À CET ENDROIT PRÉCIS...
ON N'A QU'À REFAIRE LA MÊME CHOSE !

LES ARBRES NE SONT PLUS EN FLEUR ?!

NON...
ILS SONT CENSÉS L'ÊTRE ENCORE, À CETTE PÉRIODE DE L'ANNÉE !
IROHA...
DE QUOI TU PARLES ? C'EST LE CYCLE HA-BITUEL...
HAN
HAN
HAN
C'ÉTAIT QUAND ON ÉTAIT PETITS QU'ILS ÉTAIENT ENCORE EN FLEUR EN CETTE SAISON...
HAN
HAN
QUAND J'ÉTAIS ENCORE EN VIE ?

JE DOIS TROUVER UN AUTRE MOYEN ...
POUR QUE TOUT REVIENNE À LA NORMALE...
IROHA ?
OKI... TU N'ES PAS COMME D'HABI-TUDE...
IL Y A QUELQUE CHOSE QUI TE TRACASSE, PAS VRAI ?
M... MAIS NE T'EN FAIS PAS...

J... JE SERAI TOUJOURS LÀ POUR TOI, MOI AUSSI...

QU...
MAIS...
ELLE VIENT...
DE ME FAIRE UNE DÉCLARATION D'AMOUR ?!
JE SUIS DE RETOUR DANS SON CORPS...

HÉ HÉ...
QU'EST-CE QUI M'A PRIS DE PENSER QU'ON SE RESSEMBLAIT...
LUI ET MOI ?
ON N'A RIEN EN COMMUN...
LUI, IL A DE LA CHANCE...

OKI...
JE VAIS TE MONTRER CE QUE C'EST D'ÊTRE SEUL...
COMME MOI !
À suivre...

BONUS

Un rêve devenu réalité

## BONUS

# DESSINER UN MANGA EN FAMILLE

Tanno

## Écrire un manga à deux

## L'environnement de travail de Marie

Soutien du fiston

Les élèves

Journée classique

La phobie de Marie

Transfert d'émotions

Passion pour "My Hero School"

BONUS 1
BONJOUR !
C'EST YUJI !
JE JOUE AVEC MES PARENTS !
ILS DESSINENT BEAUCOUP ET ILS SONT GÉNIAUX !
COURAGE, TOUS LES DEUX !
BONUS 2
D'AILLEURS...
MOI AUSSI, J'AIMERAIS SAVOIR DESSINER !
JE M'ENTRAÎNE AVEC UN QUADRILLAGE !
JE SUIS DEVENU FORTICHE !
HOKKAIDO
C'EST MAMAN QUI L'A DIT !
TU FAIS DE GROS PROGRÈS !
JE ME DEMANDE SI ON CONNAÎT HOKKAIDO EN FRANCE...
FIN

Switch Family vol. 1

First published in France in 2025 by Ki-oon,
an imprint of AC Media Ltd.

Édition française

Ki-oon, 2, rue de Saint-Pétersbourg, 75008 Paris
info@ki-oon.com

Traduction :
Damien Guinois

Adaptation graphique :
Quentin Matias

ISBN : 979-10-327-1999-2 (rang 1)
Dépôt légal : mars 2025
Achevé d'imprimer en Italie par L.E.G.O.